Je décore ma maison

Linda Azogni

Je décore ma maison

© Lys Bleu Éditions – Linda Azogni

ISBN : 979-10-422-0757-1

Le code de la propriété intellectuelle n'autorisant aux termes des paragraphes 2 et 3 de l'article L.122-5, d'une part, que les copies ou reproductions strictement réservées à l'usage privé du copiste et non destinées à une utilisation collective et, d'autre part, sous réserve du nom de l'auteur et de la source, que les analyses et les courtes citations justifiées par le caractère critique, polémique, pédagogique, scientifique ou d'information, toute représentation ou reproduction intégrale ou partielle, faite sans le consentement de l'auteur ou de ses ayants droit ou ayants cause, est illicite (article L.122-4). Cette représentation ou reproduction, par quelque procédé que ce soit, constituerait donc une contrefaçon sanctionnée par les articles L.335-2 et suivants du Code de la propriété intellectuelle.

I- Présentation

De tous les livres de décoration que j'ai pu lire, aucun ne débutait par le parcours de vie de l'auteur. Et pourtant, il me semble fondamental de partager sa propre histoire et ses moments clés qui ont forgé une personnalité singulière, dans l'espoir in fine, d'inspirer les lecteurs. C'est dans ce but qu'en préambule, je reviens sur les jalons de mon existence, ceux qui m'ont conduit à me lancer dans ce métier de passion qu'est la décoration et à écrire ce livre.

Je m'appelle Linda AZOGNI, je suis une jeune femme de 37 ans, mariée et maman de 2 merveilleux enfants. Entrepreneuse aux multiples facettes, je suis conseillère immobilière, architecte d'intérieur, fondatrice de l'entreprise d'architecture d'intérieur Concept Linda Deco et du centre de formation Concept Linda Academy tous deux basés en France, au Cameroun et en Côte d'Ivoire.

À l'âge de 15 ans, un drame me frappe de plein fouet, je perds mon pilier. Ma maman disparaît subitement. À sa mort, je me retrouve perdue et sans repère, toute ma vie d'adolescente ne reposait que sur elle. Au-delà du choc émotionnel, les aspects matériels viennent aggraver la situation. Au moment de son décès, mes parents étaient séparés et avec mes sœurs et mon frère, nous vivions chez ma mère. Nous étions alors contraints de rejoindre le nouveau foyer de mon père. Celui-ci, avait peu de ressources et de nombreuses bouches à nourrir. Sans pouvoir me le formuler à l'époque, j'ai pris alors conscience que seules une obstination sans faille et de solides études me permettraient de sortir de cette impasse et de réussir ma vie. Ma foi en Dieu et ma détermination ont été essentielles dans ce cheminement puis plus tard, dans sa réalisation.

Mon objectif était simple, travailler ardemment pour atteindre le meilleur niveau, le top 5 dans toutes mes classes. Après mon baccalauréat, j'ai rejoint les bancs de l'Université de Yaoundé dans une filière de Sciences Économiques. Ma licence en poche, j'ai poursuivi mon cursus en France à l'Université de Paris X avant une admission dans la prestigieuse école de statistiques : l'ENSAE Paris-Tech. Mon diplôme d'Ingénieure Statisticienne Économiste et Actuaire me comblait de fierté. Tant de chemin parcouru…

En 2013, à l'issue de ma formation académique, je suis recrutée chez AXA où après 2 ans, je suis nommée Manager responsable Grands Comptes. J'y resterai 7 ans.

Ma première grossesse a été un véritable bouleversement. Ce tourbillon d'émotions m'a fait me remettre complètement en question. Quel était le but de mon existence ? Quelle était ma mission sur cette terre ? Qu'est-ce que je voulais qu'on retienne de moi lorsque j'aurai quitté ce monde ?

Cette période me faisait très peur, une nouvelle fois, je perdais pied. Je ne souhaitais plus exercer ce métier pour lequel j'avais consacré toutes mes années de jeune adulte et qui me permettait d'avoir un bon niveau de vie. Ce que j'avais tant souhaité à mes 15 ans.

Cette révélation que je m'apprête à faire surprendra mon entourage car dans la communauté noire notamment, consulter un thérapeute est un signe de faiblesse. Moi, qui affiche une personnalité si forte au quotidien, j'ai eu besoin à un moment charnière de ma vie de consulter un professionnel. Je suis prête à l'assumer aujourd'hui car je suis convaincue que cela pourra aider ceux qui comme moi traversent des périodes de remise en question profonde. Une nouvelle fois, ce qui m'anime, c'est de partager au plus grand nombre mon expérience sans fard, avec ses hauts et ses bas.

J'ai donc consulté une thérapeute pour m'aider à comprendre ce qui m'arrivait. Elle m'a beaucoup aidée et je suis arrivée à la conclusion que je voulais retourner à mon premier amour : la décoration. En effet, depuis toujours, je suis passionnée de décoration d'intérieur, mais, au Cameroun, nous n'avions pas de vrai modèle de réussite dans ce domaine. En tant qu'étudiante, j'ai pris une orientation scolaire dans l'ingénierie avec des débouchés professionnels sûrs, ne pouvant me permettre une situation économique précaire.

Avant de me lancer, j'ai donc décidé de suivre une formation en architecture d'intérieur en parallèle de mon travail chez AXA. Mon objectif était d'acquérir de solides bases techniques, théoriques, des automatismes, mais aussi une crédibilité vis-à-vis de mes futurs clients et concurrents. Dans la foulée, en 2020, je décide donc de créer mon entreprise Concept Linda Deco et ses réseaux sociaux @conceptlindadeco.

Quand j'ai senti que je ne pouvais plus concilier les deux activités, j'ai démissionné de chez AXA pour me concentrer à 100 % sur mon entreprise Concept Linda Deco. En parallèle et pour diffuser ma passion, j'ai lancé ma formation en architecture d'intérieur au Cameroun et en Côte d'Ivoire.

Aujourd'hui, Concept Linda Deco c'est :
- Plus de 220 000 personnes qui nous suivent sur nos réseaux sociaux
- Plus de 300 personnes formées en architecture d'intérieur au Cameroun et en Côte D'Ivoire

- Plus de 350 participants aux deux Conférences déco organisées à Yaoundé et à Douala en 2022
- Plus d'une centaine de clients satisfaits à travers le monde (France, Belgique, Cameroun, Côte d'Ivoire…)
- Plus de 1000 vidéos gratuites de conseils et DIY en décoration d'intérieur disponibles sur nos réseaux sociaux
- Plus de 20 interventions TV et radio en France, au Cameroun, en Côte d'Ivoire et au Gabon

J'ai pris la décision d'écrire ce livre pour partager mon expérience et pour permettre à toute personne qui souhaite créer son havre de paix de disposer des clefs pour le concevoir en toute autonomie. Je suis convaincue que la décoration d'intérieur contribue à notre bien-être.

II- Les étapes pour réussir sa décoration

1- Étape 1 : S'inspirer pour trouver son style

Avant de vous lancer dans le choix des matériaux, des couleurs, du mobilier... il est nécessaire de se poser la question du style qui vous correspond. Tout comme votre style vestimentaire, vous avez des idées de ce qui peut vous plaire dans une maison. Je vais vous décrire quelques styles qui vont certainement vous permettre d'affiner vos choix.

Le style décoratif d'un intérieur est l'univers décoratif que vous allez décider d'appliquer chez vous.

Vous ne voulez certainement pas avoir la même décoration que tout le monde et à juste titre, une décoration doit être personnalisée en fonction de vos besoins, de votre style et de vos habitudes de vie. En faisant le choix de son style, il n'est pas question de faire un total look, mais bien sûr de mélanger les styles afin de créer quelque chose d'unique et qui vous ressemble.

Pour vous permettre de reconnaître et d'appliquer facilement un style, je vais les décrire selon les 6 éléments suivants :

- Les couleurs
- Le mobilier
- Les matériaux
- L'éclairage
- Le textile
- Les accessoires

a- Le style camerounais

Je suis souvent très irritée quand j'entends parler du style africain en décoration. Pour la simple et bonne raison qu'il n'existe pas ! L'Afrique est un immense continent qui a des ressources, des cultures, des hommes, des sensibilités… différents d'un pays à l'autre. Dans un pays, vous avez des richesses différentes d'une région à l'autre. Il est donc très réducteur à mon sens de parler d'un style africain.

Dans ce livre, je vais décrypter le style camerounais pour vous. Je suis très fière de le faire, car sauf erreur de ma part, je suis l'une des premières dans le monde à proposer une codification de ce style. Et par la suite, nous le peaufinerons avec mes étudiants qui suivent ma formation en architecture d'intérieur au Cameroun.

Le Cameroun est un pays de l'Afrique centrale avec une superficie de plus de 475 000 Km^2 et compte plus de 27 millions d'habitants. Les langues officielles sont le français et l'anglais et avec plus de 200 langues locales. Le Cameroun est souvent appelé l'Afrique en miniature, car c'est un pays très riche en termes de diversités culturelles et de ressources naturelles. C'est un pays où il fait chaud toute l'année, mais avec des périodes de pluies.

De plus en plus d'Européens, d'Américains et aussi d'Africains souhaitent apporter une touche exotique, ethnique à leur décoration, le style camerounais peut clairement vous apporter ce côté unique et original recherché.

Je vais utiliser les codes usuels pour vous permettre de créer un style camerounais chez vous.

- Les couleurs

Les couleurs qui représentent le mieux ce style, ce sont principalement les couleurs vives comme le rouge, le jaune, le vert, le bleu, le terracotta…

- Le mobilier

Le mobilier est essentiellement fait en bois avec des formes plus ou moins arrondies. Il est assez imposant et souvent, c'était pour répondre à des besoins des chefferies.

Un tabouret qui est l'un des plus connus (en fonction des dimensions, il peut faire office de table) de ce style, c'est le tabouret bamiléké ou Fokam qui est un incontournable. Pour la petite histoire, ce tabouret est sculpté à la main et était surtout retrouvé dans les chefferies bamilékées.

Deux chaises très connues : la chaise à trois pieds.

Et ce fauteuil souvent utilisé dans les chefferies :

- La lumière

Il est important de multiplier les sources lumineuses : des bougies, des appliques, des luminaires en matière naturelle, des petites lampes à pétrole qui fonctionnent aujourd'hui avec l'électricité.

- Les matériaux

Les matières brutes comme le bois (le bambou, l'osier, le rotin), la terre cuite ou crue et le métal sont les plus utilisés. Mais le bois reste le matériau par excellence du style camerounais. Il est utilisé partout sur les sols, les murs, les plafonds, le mobilier, les accessoires…

- Le textile

Privilégiez des matières naturelles comme le coton. Les motifs sont de rigueur ! Ils sont apportés principalement par le tissu-pagne et les prestigieuses étoffes du Cameroun qui apportent une touche de chaque région du pays. Parmi les étoffes les plus connues du Cameroun, nous avons le NDOP :

Et le TOGHU :

Le NDOP est l'une des étoffes les plus prestigieuses de l'ouest du Cameroun. Il se caractérise principalement par la multitude de ses motifs (comme le losange qui symbolise la fécondité, le cercle qui symbolise la réincarnation…) et par ses couleurs bleue et blanche qui symbolisent globalement la vie. Auparavant, il était surtout porté par l'aristocratie camerounaise comme les notables, les rois, les reines, mais aujourd'hui, il est accessible par tout le monde.

Les Camerounais adorent les rideaux, ce sont des accessoires indispensables pour réussir un style camerounais. Au Cameroun, vous ne verrez presque jamais une fenêtre ou une porte sans rideaux !

• Ma sélection d'accessoires

Mes accessoires incontournables pour ce style : les juju hat (à la base le juju hat est un chapeau traditionnel porté par des personnalités lors des évènements traditionnels. Aujourd'hui, il sert aussi à mettre en valeur les murs vides) :

La traditionnelle lampe noire, les paniers en osier :

Les coussins en tissu-pagne :

b- Le style scandinave

Le style scandinave comme son nom l'indique vient des pays scandinaves, il se veut simple et fonctionnel.

Depuis la moitié du XXe siècle, le style scandinave exerce une forte influence dans le domaine de la décoration d'intérieur.

- Les couleurs

Les couleurs qui représentent le mieux ce style, ce sont principalement des couleurs neutres. Mais la couleur dominante c'est le blanc qui apporte de la lumière, associé parfois au gris, au marron et aussi aux couleurs pastel.

- Le mobilier

Le mobilier se veut fonctionnel et aux lignes épurées. Pour optimiser l'espace, des solutions comme des meubles modulables (étagères, tables gigognes…), et des rangements viennent répondre à cette problématique.

- La lumière

Il est important d'avoir un bon système d'éclairage en multipliant les sources lumineuses, plusieurs sortes de lampadaires, des guirlandes, des bougies…

- Les matériaux

Le bois clair (chêne, pin, hêtre…) est le matériau par excellence du style scandinave. Il est utilisé sur les sols et le mobilier.

- Le textile

Le textile (les coussins, les plaids, les tapis…) dans la décoration scandinave apporte de la chaleur. Les motifs géométriques sont de plus en plus utilisés.

- Ma sélection d'accessoires

Mes accessoires incontournables pour ce style : les coussins, les plaids et les fleurs de pampas.

c- Le style industriel

Tout droit venu des USA, le style industriel est de plus en plus présent dans nos intérieurs. Ce style n'est pas seulement réservé à des lofts, mais vous pouvez transformer n'importe quel appartement avec une décoration industrielle par petites touches rappelant les ateliers d'artistes.

- Les couleurs

Les couleurs qui représentent le mieux ce style ce sont principalement le gris, le marron, le brun et surtout le noir. Mais vous pouvez apporter une touche colorée avec du jaune moutarde ou du vert.

- Le mobilier

Le mobilier fait avec du bois patiné, du métal, des verrières style atelier…

- La lumière

Privilégiez des suspensions en métal, le plus représentatif de ce style, ce sont des suspensions arrondies noires en métal.

- Les matériaux

La brique, le béton, le métal, le verre, le bois patiné. Un des éléments marquants de ce style c'est le sol en béton. Pour ramener du cachet, vous pouvez opter pour un mur ou pan de mur en briques.

- Le textile

Le cuir est le textile déco par excellence pour ce style, mais on peut aussi l'associer avec d'autre matière.

- Ma sélection d'accessoires

Mes accessoires incontournables pour ce style : les miroirs style atelier, les suspensions en métal, les verrières et les grandes horloges noires.

d- Le style contemporain

Le style contemporain est caractérisé par la modernité, la simplicité et la discrétion des lignes, il se veut confortable et sobre. On doit avoir une impression d'espace d'où l'utilité de choisir le mobilier adapté aux dimensions de la pièce.

- Les couleurs

Les couleurs neutres sont les plus utilisées. Des couleurs toniques peuvent être introduites par petites touches, notamment sur les accessoires qui pourront facilement être remplacés.

- Le mobilier

Privilégiez un mobilier ergonomique, sobre et confortable. Le choix du mobilier est donc essentiel dans la composition d'un intérieur contemporain, car c'est lui qui va donner le ton.

- La lumière

Pour mettre en scène vos décors contemporains, optez pour des luminaires sobres, chics et élégants.

- Les matériaux

Les matériaux les plus utilisés sont l'acier, le métal, le verre, le plastique et le béton ciré.

- Le textile

Le cuir, le coton, le velours ou encore le vinyle sont très utilisés.

- Ma sélection d'accessoires

Mes accessoires incontournables pour ce style : j'en profite pour apporter ma petite touche de couleur avec des lampes.

e- Le style bohème

Le style bohème est caractérisé par un mélange de couleurs chaudes, de motifs et l'accumulation des objets souvenirs et chinés. Ce style est souvent rencontré dans les intérieurs des gens qui aiment voyager, qui aiment des univers colorés et dynamiques, des artistes...

- Les couleurs

Les couleurs chaudes sont les plus utilisées : rouge, jaune, rose, terracotta... ces couleurs vont créer une ambiance chaude et lumineuse.

- Le mobilier

Pour réussir un style bohème, allez chiner du côté des marchés aux puces, des brocantes, des boutiques vintages, chaque meuble doit raconter une histoire.

• La lumière

Multiplier les sources lumineuses avec des guirlandes, des lanternes, des lampes sur pied, des bougies…

• Les matériaux

Les matériaux les plus utilisés : le rotin et le bois. N'hésitez pas à mélanger les matériaux.

• Le textile

Les motifs sont de rigueur ! N'hésitez pas à mélanger les franges, le macramé, les coussins et les tapis à motifs.

- Ma sélection d'accessoires

Ce style est le plus adapté pour accumuler les souvenirs de voyage, des objets décalés, des objets chinés dans des brocantes et marchés aux puces. C'est l'occasion de fabriquer vous-même des objets de décoration pour personnaliser davantage votre déco.

f- Le style Art Déco

Le style Art Déco fait son apparition juste après la Première Guerre mondiale. Ce style qui se veut luxueux, élégant et précieux, fait encore le bonheur de nos maisons aujourd'hui.

- Les couleurs

Les couleurs généralement utilisées en Art Déco ce sont des couleurs intenses comme le bleu, le vert et le jaune moutarde. Le doré trouve largement sa place dans ce style.

- Le mobilier

Les meubles ont des formes généreuses et arrondies. On va retrouver fréquemment des dessertes en laiton, des tables basses en marbre ou verre et laiton. Des fauteuils et canapés en velours.

• La lumière

Les lustres en cristal ou en laiton, des lampes et des appliques dorées sont plébiscitées dans ce style.

- Les matériaux

Ce style utilise les matières nobles comme le marbre, mais aussi les matériaux comme l'acier, le verre, le fer et le chrome. Le laiton est largement utilisé sur des luminaires, des meubles et de la petite déco…

Le papier peint un incontournable de ce style. Des motifs floraux ou géométriques ou ornements dorés sont les caractéristiques principales du papier peint Art Déco.

- Le textile

Les tissus les plus souvent utilisés sont le velours, le cachemire et la soie.

- Ma sélection d'accessoires

Mes accessoires incontournables pour ce style : des suspensions, des chaises et des poufs avec des touches de laiton. Mon péché mignon des poignées en laiton.

2- Étape 2 : Désencombrer pour des maisons déjà habitées

Ça va peut-être faire plusieurs années que vous vivez dans la même maison, vous avez eu le temps d'accumuler des meubles, des cadeaux, des objets ayant une valeur sentimentale… Vous n'avez jamais pris le temps de faire du tri, de refaire votre décoration afin de la mettre au goût du jour.

J'ai fait des projets où les actions telles que ranger, organiser et nettoyer ont suffi à rendre la maison harmonieuse et agréable à vivre. La seule dépense faite était d'acheter des caisses et des boîtes de rangement, les clients ont adoré et moi aussi.

J'ai la conviction qu'une maison bien organisée et rangée a un effet positif sur l'humeur de ses habitants et permet de se sentir mieux chez soi.

En fonction de l'ampleur des dégâts, prendre la décision de ranger et désencombrer peut faire peur je vous conseille donc de fonctionner en utilisant ces 4 astuces :

Astuce 1 : Ranger une pièce à la fois

Quand nous commençons quelque chose que nous n'avons pas l'habitude de faire, il faut être méthodique pour éviter de se décourager en cours de route. Je vous conseille de commencer par votre pièce préférée, le fait de la voir rangée vous motivera à attaquer les autres pièces de la maison. Vous n'êtes pas obligés de ranger toute la maison le même jour vous pouvez par exemple décider que 1 week-end = 1 pièce ou 1 jour =1 pièce à vous de choisir votre rythme.

Astuce 2 : Fonctionnement par catégorie

Pour s'y mettre, je vous conseille de préparer 4 gros cartons ou sacs :
Carton 1 : Objets qui restent dans la pièce.
Carton 2 : Objets qui seront relookés. Si ce sont des meubles, vous avez des astuces simples de relooking comme l'utilisation de la peinture, du masking tape, du papier peint, des tissus…
Carton 3 : Objets à donner. Vous pouvez donner une seconde vie à votre mobilier en rendant quelqu'un d'autre heureux.
Carton 4 : Objets à jeter (personnellement, je fais partie de la team « rien ne se perd tout se transforme » au lieu de jeter j'ai tendance à détourner les objets inutiles pour en faire des objets de décoration ou donner à quelqu'un qui en a besoin. Pour en savoir plus, des vidéos sont disponibles sur nos réseaux sociaux : @conceptlindadeco).

Astuce 3 : Aide aux rangements

Pour maintenir l'espace rangé, il vous faut absolument un système de rangement facile à utiliser. Je vous conseille d'acheter ou de fabriquer vous-même des boîtes ou des cartons ou des caisses de toutes les tailles pour ranger tous les objets afin d'éviter le désordre.

Astuce 4 : Quelques exemples de rangement pièce par pièce

La cuisine : organisez vos placards en empilant par exemple les casseroles et les assiettes de la plus grande à la plus petite. Pour les couverts, trouvez des plateaux de séparations pour disposer les cuillères entre elles, les fourchettes entre elles…

Pour le garde-manger, achetez des bocaux en verre ou en plastique transparent pour ranger vos pâtes, riz, épices… Cette organisation vous permettra de voir à travers les bocaux vos produits. Vous pouvez aussi y coller des étiquettes mentionnant le nom du produit.

Évitez d'encombrer le plan de travail. Rangez tout dans les placards.

Il faut accepter de nettoyer et organiser régulièrement votre réfrigérateur. Le fait d'utiliser les organisateurs de réfrigérateur pour mettre chaque catégorie de produits m'aide à le garder propre, car dès qu'un produit est terminé j'ai juste à laver le bac et le ranger.

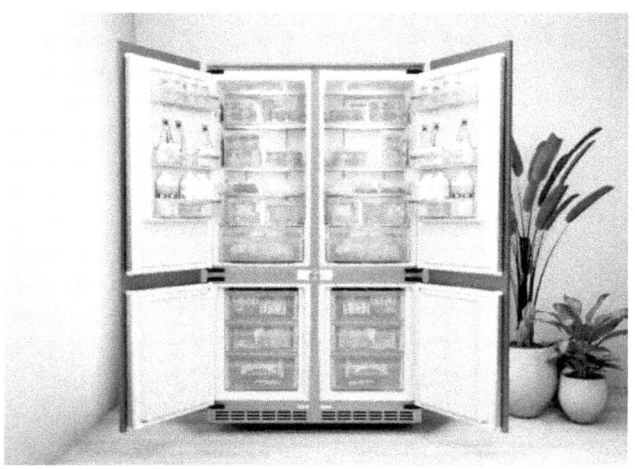

Le salon : optez pour une décoration double fonction, mettre par exemple les télécommandes dans les faux livres de décoration, choisir des poufs ouvrables pour y ranger des coussins et plaids, une petite console pour la TV pour ranger tout ce qui est câbles, DVD…

La chambre des enfants : il faut à mon sens dès le bas âge instaurer les bons gestes. Une devise chez moi qui fonctionne « dès que je finis de jouer avec un jouet, je le range avant de prendre un autre ». En fonction de la superficie de la chambre, vous pouvez soit ranger les jouets sous le lit, dans un coin, en hauteur… Le plus important, à mon sens, c'est d'installer un système de rangement facile à mettre en place par les enfants eux-mêmes. Les boîtes pour ranger chaque jouet sont une organisation qui fonctionne avec mes enfants de telle manière que quand on prend une boîte il y a un seul jeu à l'intérieur et quand on finit de jouer on la range et on prend une autre boîte.

Je suis sûre que dans votre dressing ou celui des enfants il y a des vêtements que vous ne mettez plus, le tri va permettre de libérer de l'espace.

Salle de bains : dans le meuble vasque, tout comme pour les couverts, vous pouvez également mettre un système de séparations de telle manière que les objets doivent être rangés par catégorie.

Le bureau : je ne sais pas pour vous, mais quand mon bureau est bien rangé ça me donne envie de travailler et je suis beaucoup plus efficace. Utilisez des classeurs, des boîtes, les étagères pour ranger tous vos documents, des pots pour les stylos. On a souvent tendance à oublier et pourtant c'est si important, il faut prévoir une poubelle pour jeter à chaque fois le superflu.

3- Étape 3 : L'ergonomie pour un super confort

La notion d'ergonomie est liée à la notion de confort. Votre maison doit s'adapter à votre façon de vivre et pas l'inverse.

Je suis sûre qu'au moins une fois dans votre vie vous avez déjà acheté un meuble ou un objet de décoration sans vous soucier de ses dimensions et, une fois arrivé à la maison, cet objet est trop gros ou trop petit par rapport à l'espace que vous aviez prévu. Zut alors !

Pour éviter de vous retrouver une fois de plus dans cette situation, je vous conseille, avant d'acheter quelque chose pour votre maison, de vous poser ces 4 questions ?

Question 1 : Où est-ce que je vais la mettre ?
Question 2 : Quelles sont ses dimensions souhaitées ?
Question 3 : Quelle couleur dois-je choisir ?
Question 4 : Quelle matière dois-je choisir ?

La notion d'ergonomie permet de répondre aux deux premières questions, nous répondrons à la troisième question dans l'étape 4 et la dernière question dépend du style de décoration que vous aurez choisi à l'étape 1.

Pour vous organiser, il est important de faire un état des lieux des fonctions que vous voulez voir dans chaque pièce, mais attention il faut être rationnel, car tout dépend aussi de l'espace que vous avez à disposition.

Par exemple, un salon en fonction de sa superficie peut avoir les fonctions suivantes : un coin TV, un coin lecture, un coin salle à manger, un coin jeux pour les enfants… quand vous avez plusieurs fonctions dans une même pièce, il faut faire attention aux espaces de circulation pour éviter d'avoir une pièce touffue.

Ci-dessous quelques illustrations qui mettent en avant les cotations standards/minimums à respecter pour faciliter la circulation dans chaque pièce de votre maison. Ainsi, vous pourrez aisément déduire les dimensions du mobilier qu'il vous faut en fonction des dimensions de votre espace.

La cuisine

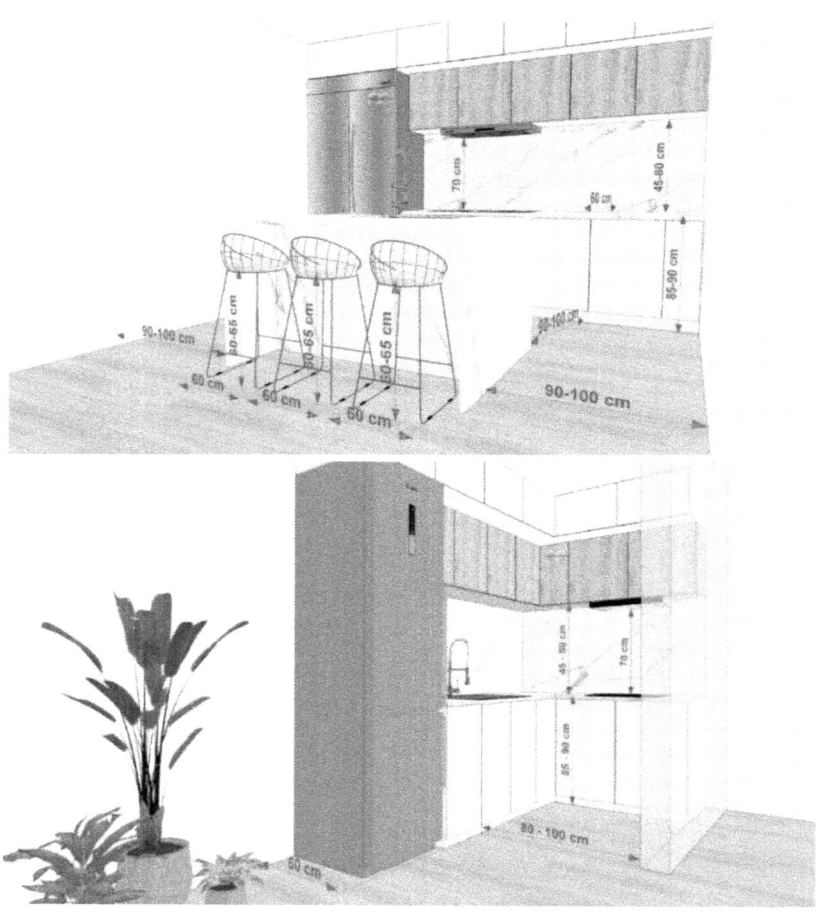

La salle à manger

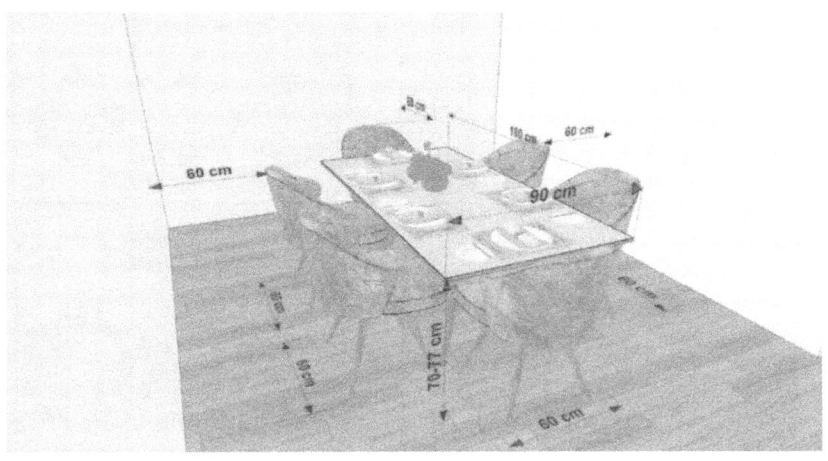

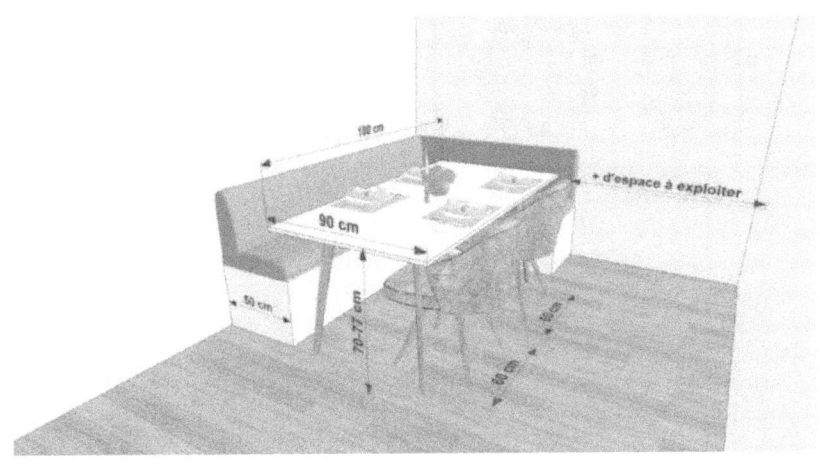

Exemples de dimensions standards de tables et de nombre d'assises qui pourront vous aider dans votre aménagement :

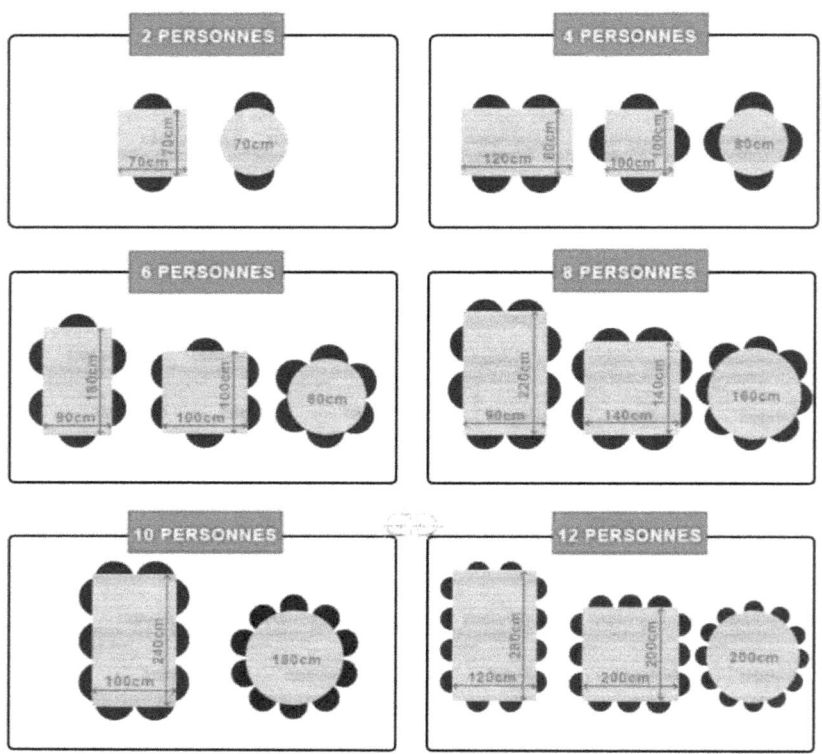

Le salon

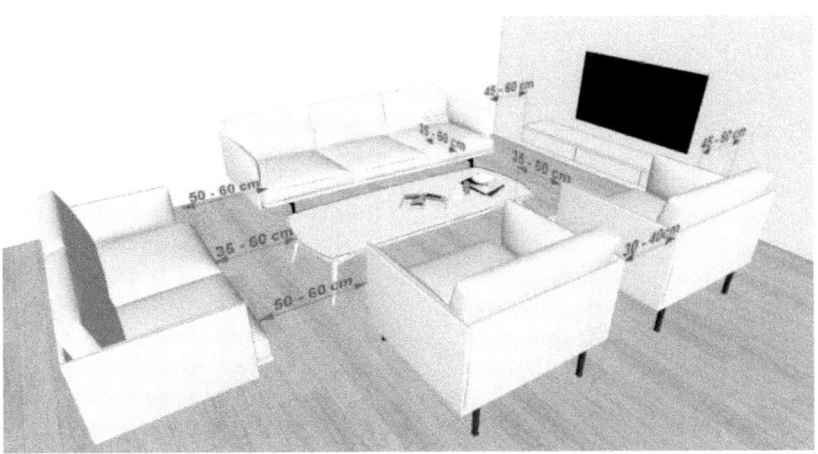

La chambre

Exemples de dimensions standards de lit qui pourront vous aider dans votre aménagement :

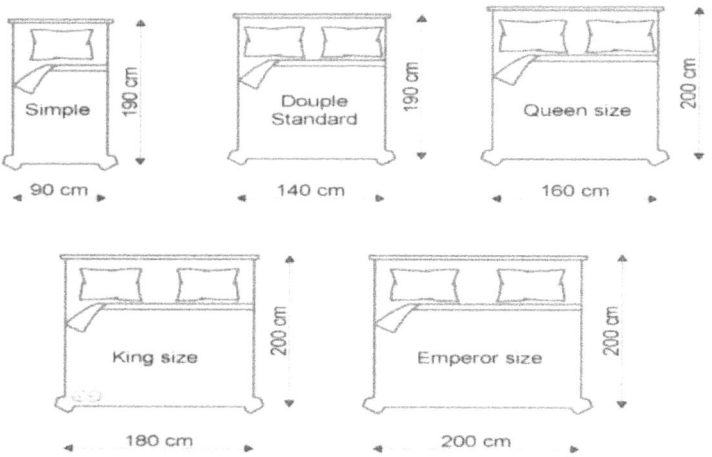

La salle d'eau et WC

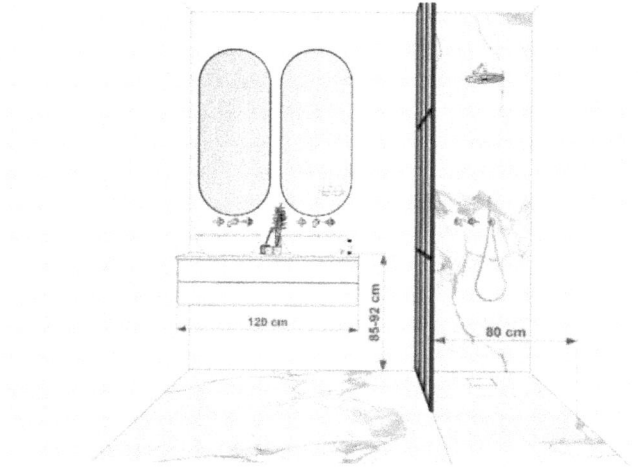

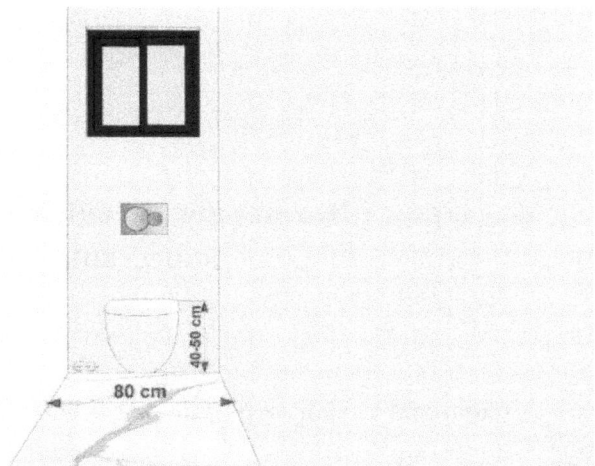

Tip : Pour faciliter la visualisation de l'emprise au sol de votre mobilier, je vous conseille de placer des marqueurs au sol avec du scotch pour délimiter chaque meuble et vous rendre compte de la circulation avant de passer à l'achat de votre mobilier.

4- Étape 4 : Harmoniser la couleur pour un rendu impeccable

Comment choisir sa palette de couleurs ?

La couleur est un sujet très vaste, je pourrais écrire un livre tout entier consacré à ce sujet, mais il est question pour moi dans cette partie de vous donner des astuces faciles à mettre en place pour réaliser une bonne harmonie colorée.

Je suis sûre que vous avez déjà entendu dire qu'en décoration il faut mettre maximum 3 couleurs dans une même pièce. Je ne suis pas d'accord !

Je pense que tout est une question de dosage. On peut avoir une harmonie colorée même en utilisant un nombre important de couleurs : le secret réside dans le dosage de chaque couleur.

Pour être sûr de ne pas vous tromper dans votre harmonie colorée, je vous conseille 2 astuces :

Astuce 1 : Vous pouvez partir sur une palette de couleurs neutres, tout en vous amusant à mélanger les matières et les matériaux pour donner du relief à votre décoration.

Astuce 2 : Vous pouvez appliquer cette règle qui est très facile à mettre en place : « la règle des 75/25 ». En effet, cette règle consiste à appliquer dans un projet décoratif 75 % de couleurs neutres et 25 % de couleurs vives. En d'autres termes, la plupart des couleurs que vous choisissez sont neutres et vous pouvez apporter des touches de couleurs, mais de manière moindre.

En résumé, il faut définir votre palette de couleurs en fonction de ces 2 astuces et vous choisirez vos matériaux, votre mobilier et les accessoires en fonction de cette palette de couleurs sans jamais vous en écarter.

Comment choisir la couleur de ses rideaux ?

En plus d'avoir un pouvoir décoratif, les rideaux peuvent aussi jouer le rôle d'isolant thermique et phonique. Contrairement aux idées reçues, les rideaux doivent être choisis en dernier.

Pour choisir simplement la couleur de vos rideaux, je vous conseille d'opter pour une couleur plus claire ou plus foncée que la couleur de votre mur ou de votre sol.

Exemple par rapport au sol :

Exemple par rapport au mur :

Tips :

Les rayures verticales donnent l'impression d'une plus grande hauteur contrairement aux rayures horizontales qui ont tendance à la tasser.

Dans une petite pièce, je vous conseille d'éviter les grands motifs sur vos rideaux, optez plutôt pour des couleurs unies.

5- Étape 5 : place à la shopping liste

Je vous dis d'emblée c'est une très mauvaise idée d'aller faire des courses pour un projet de décoration sans avoir une liste de courses avec toutes les caractéristiques de chaque produit.

Il faut éviter d'acheter des articles qui ne sont pas sur votre liste, car vous risquez de vous écarter de votre objectif. Si un article est introuvable, vous pouvez le remplacer en répondant aux 4 questions posées à l'étape 3.

À l'issue des 4 étapes précédentes, il faut établir votre shopping liste ou liste de courses avec toutes les caractéristiques de chaque article.

Sur votre liste de courses, je vous conseille de mentionner pour chaque article :
- Le nom de l'article
- Le modèle
- Le nom du magasin
- La couleur
- Les dimensions
- La photo si possible
- Le prix
- La quantité
- Le prix total (en additionnant cette colonne, vous aurez le budget total pour votre projet) pratique non ?

III- Home staging

Le home staging est né aux États-Unis, c'est une technique qui permet de mettre en valeur le potentiel d'un bien afin de le vendre rapidement et à un meilleur prix.

Le bien doit être mis en valeur pour permettre aux futurs acheteurs de se projeter et pourquoi pas déclencher un coup de cœur !

On ne le dit pas souvent à mon goût, même si vous n'avez pas l'intention de vendre votre maison, mais vous souhaitez finalement la rafraîchir avec un petit budget, rien ne vous empêche de faire du home staging chez vous.

Pour le mettre en place, il faut respecter ces 4 étapes :
- Dépersonnaliser/désencombrer
- Réparer
- Aménager
- Décorer

1- Dépersonnaliser/désencombrer

Il s'agit d'enlever les objets de collection, les objets accumulés, les jouets des enfants, les photos de famille, le papier peint trop présent… Bref il faut partir sur des éléments plutôt neutres, pour permettre aux futurs acheteurs de se projeter.

2- Réparer

Réparer tout ce qui est cassé : une chasse d'eau qui fuit, des fils électriques apparents, des murs abîmés, des poignées de porte arrachées… il est essentiel de les réparer avant de mettre le bien à la vente sinon ça donne un mauvais signal de la bonne santé de votre maison. Pour les travaux plus importants, il est conseillé de faire des devis pour présenter aux potentiels acheteurs.

3- Aménager

Un coin = une fonction ou une pièce = une fonction pour bien définir les espaces. Assurez-vous de la fluidité dans l'espace. L'espace doit être ergonomique pour permettre aux potentiels acquéreurs d'évaluer le potentiel et les volumes de la maison. Vous pouvez à ce stade dérouler les 5 étapes décrites plus haut pour réussir cet aménagement.

4- Décorer

La déco est souvent l'élément qui fera mouche auprès des futurs acheteurs. Avant de commencer la décoration, il faut toujours se poser ces questions :
- Quelle est ma cible ? (C'est-à-dire qui va être intéressé par votre bien ?) c'est la maison ou l'appartement qui vous permettra de déterminer la cible.

Par exemple : Quelle est votre cible pour un appartement T2 ? Étant donné que cet appartement à une seule chambre, il va donc intéresser soit un célibataire, soit un couple et soit un couple avec un enfant.

- Qu'est-ce que ce bien a de particulier ? Valorisez les points forts de votre bien (une belle hauteur sous le plafond, une cheminée, une belle vue…).

IV- Les 32 astuces déco de Linda

Astuce 1 : Transformer un poteau en atout

Dans beaucoup de construction ancienne, les poteaux à l'intérieur d'une maison sont de véritables problèmes en termes d'aménagement et sensation d'espace. Quand c'est possible structurellement et financièrement on peut faire installer une poutre métallique pour supprimer le poteau. Mais si ce n'est pas possible, il faut composer avec. Je vous conseille de faire comme si ce poteau était là par choix, mettre de fines étagères pour exposer de la petite déco et des livres fins avec une banquette pour en faire un coin lecture.

Astuce 2 : Sensation d'espace

Dans des petits espaces, je vous conseille de dégager le sol. Par exemple dans une salle d'eau il faut suspendre le meuble vasque, mettre un WC suspendu.

Dans un salon ou une chambre, faire suspendre le meuble TV.

Astuce 3 : Optimiser la hauteur d'une pièce

Pour un espace de coworking pour maximiser le nombre de places, optez pour ce type de configuration :

Des étagères sur toute la hauteur du mur pour optimiser les rangements :

Pour une chambre des enfants, on peut exploiter la hauteur pour mettre des lits :

Astuce 4 : Créer une ambiance chaleureuse

Pour apporter de la chaleur dans un espace, vous pouvez multiplier les luminaires sur le plafond.

Astuce 5 : Créer un dressing derrière la tête de lit

Pour optimiser l'espace dans une pièce en longueur, vous pouvez opter pour l'installation du dressing derrière le lit

Astuce 6 : Astuce petite chambre

Dans une petite chambre, pour optimiser l'espace, vous pouvez installer des lampes et des tables de chevet suspendues.

Astuce 7 : Lit en bambou ou en palette

Pour faire des économies et apporter de l'originalité, le lit en palette

Ou en bambou est un bon atout.

Astuce 8 : Le pouvoir décoratif des coussins

Beaucoup de personnes ont tendance à négliger le pouvoir décoratif des coussins, le rendu décoratif est souvent très largement supérieur à leur coût.

Astuce 9 : Porte coulissante WC

Généralement, il faut prévoir un espace de recul derrière la porte pour permettre à celle-ci de s'ouvrir correctement, la porte coulissante vient supprimer cet espace à prévoir.

Astuce 10 : La Banquette

Généralement, il faut prévoir à peu près 60 cm de recul derrière une chaise pour permettre à quelqu'un de s'asseoir correctement, la banquette vient supprimer cet espace à prévoir.

Astuce 11 : Créer un mur déco

Mettre de la déco sur tous les murs peut surcharger visuellement l'espace, je vous conseille de choisir un mur et d'en faire votre galerie.

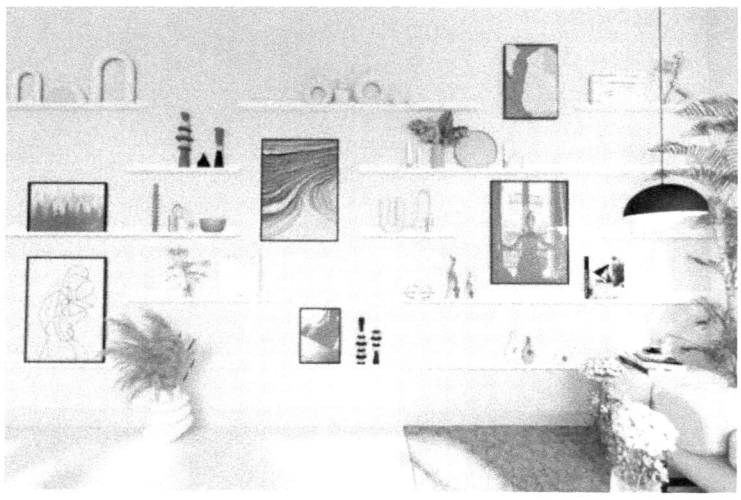

Astuce 12 : Verrière/claustra

Pour cloisonner en faisant entrer de la lumière la verrière

Ou le claustra est votre meilleur atout.

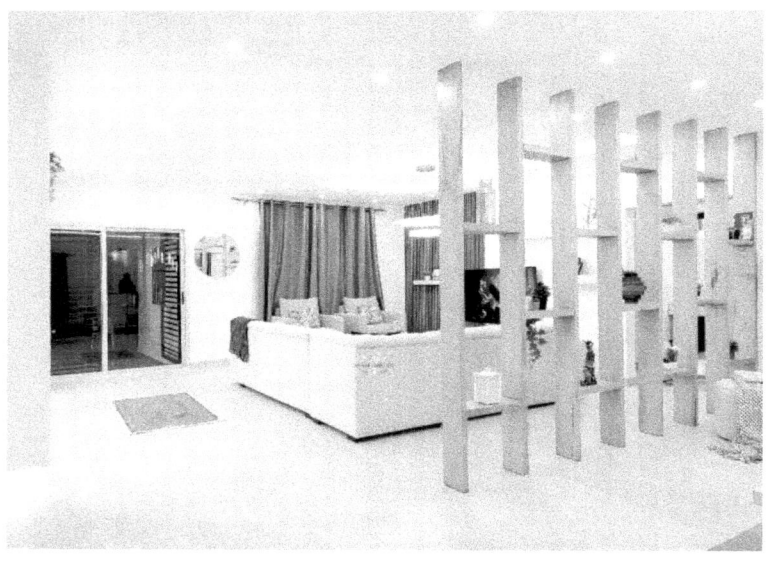

Astuce 13 : Bureau d'appoint

On peut le mettre dans une chambre et l'intégrer aux rangements

Ou dans une entrée.

Astuce 14 : Astuces salle d'eau

Pour donner de l'originalité à une salle d'eau, les verrières

Ou les portes d'atelier sont des bons atouts.

Astuce 15 : Faire entrer de la lumière par le toit

Si votre pièce le permet, faire entrer la lumière par des velux apporte beaucoup plus de luminosité à la pièce.

Astuce 16 : Dépareiller une cuisine

Pour apporter de l'originalité à votre cuisine, vous pouvez opter pour des couleurs différentes sur les meubles.

Astuce 17 : Rangement des épices

Vous pouvez tout simplement rajouter une étagère pour ranger vos épices.

Astuce 18 : Poser une console au-dessus d'un radiateur

Pour optimiser l'espace radiateur, vous pouvez installer une petite console (ou fabriquez-la vous-même à l'aide d'un bout de bois et des pieds) au-dessus de ce dernier.

Astuce 19 : Apporter une touche africaine dans un décor de plateau TV

Vous pouvez personnaliser les plateaux TV en fabriquant des panneaux avec les motifs typiques du pays.

Astuce 20 : Improvisez un coin lecture

Vous pouvez créer un coin lecture dans un coin d'une chambre

Ou encore un dégagement trop grand.

Astuce 21 : Exploiter un mur pour créer un bar

Astuce 22 : Utilisation des patères

Pour rendre une petite entrée fonctionnelle, les patères sur un mur vont permettre d'accrocher des manteaux et autres.

Astuce 23 : Exploiter l'espace derrière un canapé

Installer une console derrière un canapé peut aussi servir de bureau d'appoint.

Astuce 24 : Fonctionnalité dans un bar

Pour rendre fonctionnel un bar dans une maison ou un appartement, il ne faut pas oublier d'y installer un évier.

Astuce 25 : Exploitation de l'espace sous l'escalier

Pour optimiser l'espace sous l'escalier, vous pouvez y installer une cave

Ou des rangements.

Astuce 26 : Séparer visuellement une chambre d'enfant

Pour le faire, vous pouvez utiliser de la couleur, du papier peint, un claustra…

Astuce 27 : Astuce WC suspendu

Vous pouvez vous servir du demi-mur du pot suspendu pour assurer une continuité sur la partie douche pour y déposer des gels de douche et autre pour éviter d'encombrer le sol.

Astuce 28 : Le pouvoir du miroir

Pour donner une sensation de grandeur, le miroir est un bon atout.

Astuce 29 : Finition stylée

Pour éviter d'avoir un panneau de finition plat sur le bout de vos rangements en cuisine, vous pouvez créer des étagères ouvertes ou fermées. Elles apporteront de la légèreté à votre déco.

Astuce 30 : Astuce séparation des espaces

Dans un espace ouvert où cohabitent plusieurs fonctions, vous pouvez délimiter les espaces au niveau du sol en optant pour un revêtement diffèrent dans chaque fonction.

Astuce 31 : Astuce papier peint

Vous pouvez créer un super tableau en encadrant tout simplement directement sur le mur un papier peint.

Astuce 32 : Jouer sur la perception du volume d'une pièce

La couleur est un outil très puissant qui permet de jouer sur la perception que vous pouvez avoir sur les volumes. Voici quelques exemples :

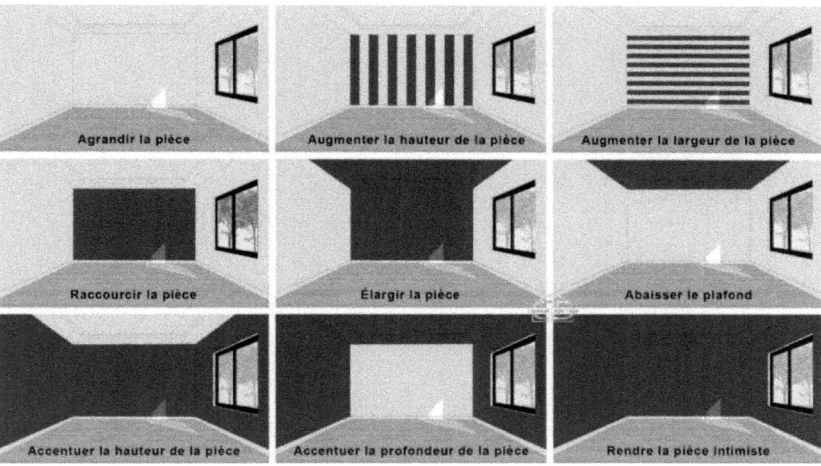

V- 5 erreurs déco à éviter

Erreur 1 : Peindre le mur en face d'une fenêtre avec une couleur sombre

Ça va absorber la lumière et la couleur risque de ternir.

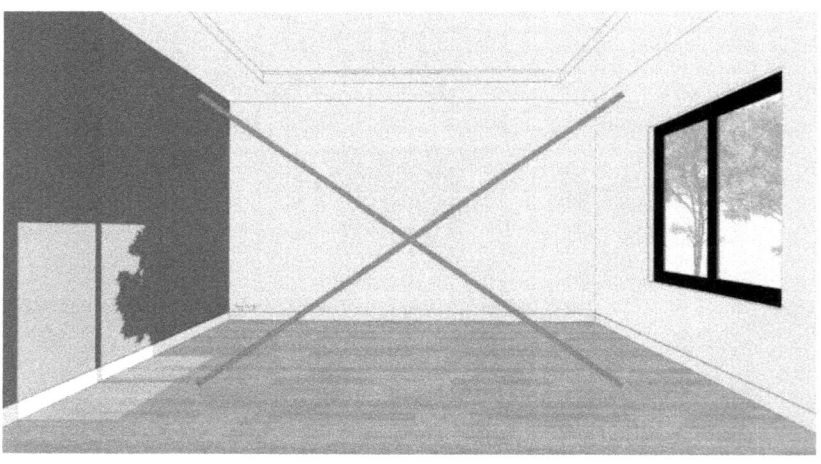

Erreur 2 : Miser sur un seul point lumineux

Il faut au contraire multiplier les sources lumineuses, car dans une pièce on peut avoir plusieurs fonctions. Je vous conseille d'opter pour un éclairage différent pour chaque fonction que vous allez créer dans un espace.

Erreur 3 : Rideaux trop courts ou trop longs

Il est préférable que vos rideaux effleurent le sol et qu'ils soient accrochés le plus haut possible. Voici quelques exemples de choses à faire et ne pas faire :

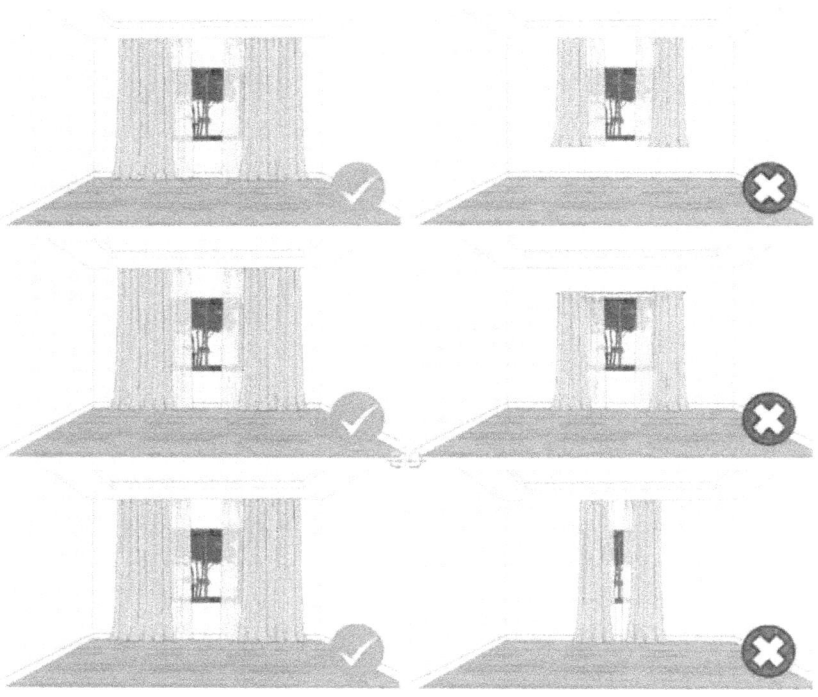

Erreur 4 : Accrocher la TV trop haut

Pour un souci d'ergonomie, il est préférable d'accrocher la TV à la hauteur du regard.

Erreur 5 : Le vide est fait pour être comblé

Faux une déco a besoin de respirer.

VI- Lexique

Exemple de couleurs neutres

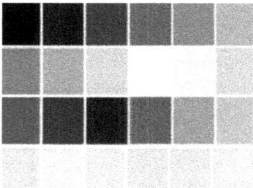

Exemple de couleurs pastels

Exemple de couleurs froides et chaudes

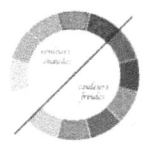

Palette de couleurs : c'est la liste des couleurs que vous avez choisies pour votre décoration.

Claustra : c'est une paroi ajourée qui peut-être en bois, en béton, en pierre et en métal.

Crédit photo : Concept Linda Deco

Table des matières

I- Présentation 7
II- Les étapes pour réussir sa décoration 11
1- Étape 1 : S'inspirer pour trouver son style 11
a- Le style camerounais 12
b- Le style scandinave 22
c- Le style industriel 25
d- Le style contemporain 29
e- Le style bohème 33
f- Le style Art Déco 36
2- Étape 2 : Désencombrer pour des maisons déjà habitées 44
3- Étape 3 : L'ergonomie pour un super confort 51
4- Étape 4 : Harmoniser la couleur pour un rendu impeccable 58
5- Étape 5 : place à la shopping liste 64
III- Home staging 65
1- Dépersonnaliser/désencombrer 65
2- Réparer 66
3- Aménager 66
4- Décorer 66
IV- Les 32 astuces déco de Linda 67
V- 5 erreurs déco à éviter 108
VI- Lexique 112

Imprimé en Allemagne
Achevé d'imprimer en septembre 2023
Dépôt légal : septembre 2023

Pour

Le Lys Bleu Éditions
40, rue du Louvre
75001 Paris

Milton Keynes UK
Ingram Content Group UK Ltd.
UKHW021948010924
447661UK00012B/716